花精靈的森林冒險

50幅舒壓迷人的著色畫

周心怡／繪

那些花精靈教我的事兒　　　　　周心怡

「糟了！明天就要聯考，數學竟然一課都沒有複習……」離開校園
多年，類似的夢魘仍不時讓我一身冷汗地驚醒，可見當時的壓力是
多麼刻骨銘心！

應付聯考的那六年，日子就是一片黑白，為了競爭激烈的升學考
試，我就讀的私立學校把美術、音樂、體育……等藝能課都換成
英、數、理、化，從早到晚不停考試、打手心……，壓得人喘不過
氣！唯一享受的時刻是在夜讀時，對著書桌前的那扇窗，就像舞台
上的黑幕，拉開它，就有美麗的花精靈翩翩起舞，她們帶著我飛，
飛到好遠好遠，遠到沒有考試的地方……

不曾接受正統美術教育，只能將幻想中的仙子信手塗鴉在計算紙
上，夾在扉頁間，為我整理書包的媽媽發現，私下收存起來。回顧
當時的作品，只有單純的黑白線圖，將白紙用極細簽字筆硬生生塗
成純黑，顯然那時我已在潛意識裡，用執著重複的填色動作轉換壓
力，讓思緒隨著流暢的線條宣洩，得到釋放。

直到我獲得一盒彩色鉛筆，那是演講比賽冠軍的獎品。靜靜躺在精緻木匣裡的六十枝帶釉光的修長色筆，抱著它們就彷彿握住了彩虹！創作欲望又在心裡蠢動。可是我對「用色」是膽怯的呀！除了黑與白，誰能教我如何配色呢？

我的母親是學設計的，她沒有直接「教」我如何著色，只是每天早晚陪我上下學，在途中，她會指著夾道的花草樹木：
「喏，鳳凰木的葉子在晨光和夕陽下可以變出好多種綠呢！」
「看那叢玫瑰！誰說紅配綠很俗豔？完全在於比例的分配！」
「這朵馬櫻丹從中心到外圍的漸層變化，跟晚霞的色調一模一樣呀！」

就這樣，躲在花叢間的精靈成為我的老師，她們引領我用心設想造物者如何以顏色呈現祂手所畫出的宇宙：那藍天白雲、紅花綠葉、蟲魚鳥獸、四季變換……，無一不是絕佳的色系組合，任你如何沙盤推換都不會那麼整體協調！竟然，色彩成為我繪畫中最令人稱道的強項，我也成功地用繪畫轉換壓力，用色彩調節情緒，走出空洞的黑白。進而漸漸體會：人一生中的明亮或陰暗，或時而的絢麗或平淡……，何嘗不是色彩的韻律，考驗的試題？該思想的是：如何面對並使用那些深藏在人內心深處的色料，來更新感受或塗抹陳舊啊！

有了這些經驗，我將生活當成調色盤，盡情地「玩色」，無論什麼光景，都運用顏色調和。例如心情低落時絕不會穿暗色衣服，覺得疲憊了，就去賞花。專家研究：人類罹患的很多疾病與情感有關，在西班牙等國，治療心理紊亂病症最簡單的方法即是賞花。醫者每天有意識地帶領患者去花圃，生機盎然的景象讓他們在不知不覺中擺脫怨恨、消極，克服急躁，消除心理紊亂。心情舒暢，許多身體的病症也就自然治癒。

養花，養心！我的外婆善於蒔花弄草，她常說：「樂花者長壽！常在花間走，活到九十九。」外婆家的院兒裡有百盆清雅脫俗的蘭花，還有豐妍穠麗的山茶；嘴饞了，有撒滿新鮮桂花的芝麻湯圓；夏夜晚餐後，在遍植晚香玉的花壇邊唱歌說故事……我的外婆一生無論面對什麼都一派的從容淡定，想必是花草的薰陶吧？移居美國後，遠離家鄉五光十色的熱鬧生活，常有人問：不覺得無聊寂寞嗎？其實一點兒也不！遺傳了外婆的「綠手指」，我家的院子裡也栽滿各色花卉，看著她們向陽展露的笑顏，姹紫嫣紅，比霓虹燈更令人心醉！

花精靈們又給這個階段的我上了新的一課：人生最重要的是擁有隨時保持內心平靜的能力。習慣於紛擾，人們以「忙碌」作衡量自我重要性的尺度，一旦步調減速便有失衡的恐懼。作家Henri Nouwen說：「獨處除去了生活中的鷹架──就是那些把我撐高，讓我感到

自己很重要的東西。」它揭開了虛張聲勢的面具，真實的自我無所遁形，迫使人一心想逃離，卻在填滿空虛的過程中找來無謂的麻煩。直到漸漸安下心，建立起生活的條理，安於獨處並在靜中產生力量。「靜」讓漂浮心中的雜質沉澱，再現清透澄澈，使寂寞本身成為一片詩意的土壤，一種創造的契機，誘發出關於存在、生命、自我的深邃思考和體驗，開出燦爛的花朵。

我是個幸運的人，可以在彩繪的花園裡尋得平靜的喜樂。很想藉著這本「大人繪」，將我從花兒、畫兒那裡獲得的福分分享給大家。許多時候所謂的「開心」，即感官之快樂，而非心底的喜悅。同樣是歡愉，跑趴和繪畫帶來的就不一樣──前者的快樂亦即感官的快感，讓人飄然忘我，而後者則悠遠而綿長，回味無窮，因為它帶來平靜。你願意將時間用於哪一種追求呢？

人們常說要善待自己，卻總是從感官的快樂下手，忘了還給自己一段時光，從世界中分別出來，清醒地面對心靈的掙扎與吶喊，校正焦距，調整視野，重新認識陌生的自己。不擔心是否欠缺敏銳的色感，別顧慮具不具備熟練的技巧，慢下來，靜一靜，你會聽到畫裡的精靈在輕聲呢喃，為你挪去重擔和負能量。管他協調還是對比，柔和還是衝激，清新還是濃烈……都是幸福的顏色！

牡丹

向日葵

百合

菠蘿花

天竺葵

蝴蝶蘭

大理花

兼葭

杜鵑

銀杏

黃金葛

繡球花

曼珠莎華

·

桔梗

栀子花

油桐花

山茶花

虞美人

玫瑰

睡蓮

美人蕉

鈴蘭

聖誕紅

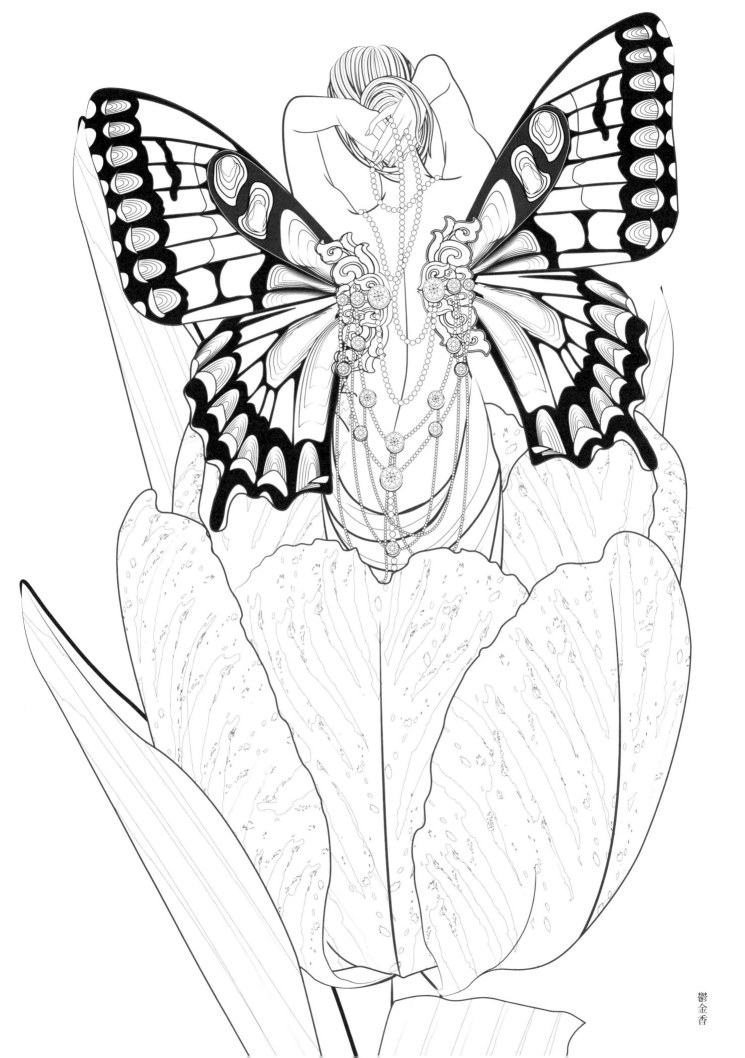

鬱金香

紫藤

蔦蘿

梨花

櫻花

朝顔

梅花

荷花

芙蓉

海棠

蒲公英

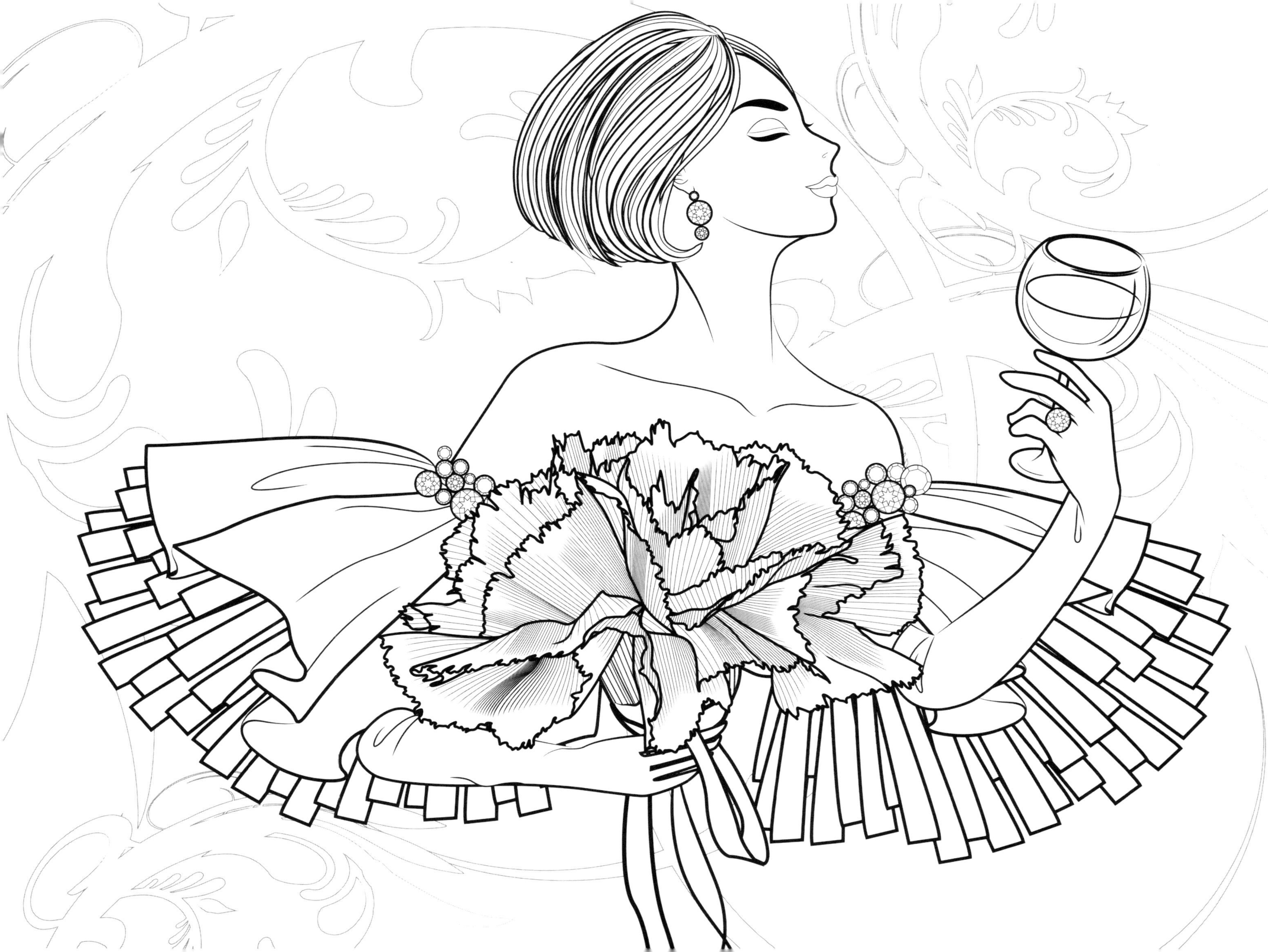

康乃馨

菊花

白玉蘭

蜀葵

扶桑花

吊
鐘
花

MAGIC 018

花精靈的森林冒險
50幅舒壓迷人的著色畫

作　　　者	周心怡
總　編　輯	初安民
責 任 編 輯	鄭嫦娥
美 術 編 輯	陳淑美
校　　　對	周心怡　鄭嫦娥

發 行 人　張書銘
出　　版　**INK** 印刻文學生活雜誌出版有限公司
　　　　　新北市中和區建一路249號8樓
　　　　　電話：02-22281626
　　　　　傳真：02-22281598
　　　　　e-mail:ink.book@msa.hinet.net
網　　址　舒讀網 http://www.sudu.cc

法 律 顧 問　巨鼎博達法律事務所
　　　　　　施竣中律師
總 代 理　成陽出版股份有限公司
　　　　　電話：03-3589000（代表號）
　　　　　傳真：03-3556521
郵 政 劃 撥　19000691 成陽出版股份有限公司
印　　刷　海王印刷事業股份有限公司

港澳總經銷　泛華發行代理有限公司
地　　址　香港新界將軍澳工業邨駿昌街7號2樓
電　　話　852-2798-2220
傳　　真　852-2796-5471
網　　址　www.gccd.com.hk

出版日期　2015 年 8 月 初版
ISBN　　978-986-387-054-8

定　　價　299元

國家圖書館出版品預行編目(CIP)資料

花精靈的森林冒險：50幅舒壓迷人的著色畫／
周心怡著. --初版. --新北市：
INK印刻文學, 2015. 08
120面；21×28公分 . - -（MAGIC；18）
ISBN 978-986-387-054-8（平裝）

1.藝術治療

418.986　　　　　　　　　　　104015334